KB147423

친구의 소중함을 알게 된 임금님

Luis de Horna
*THE KING WHO LEARNED
HOW TO MAKE FRIENDS*

Translated by Young-Mu Kim
© Benedict Press, Waegwan, Korea 1983

친구의 소중함을 알게 된 임금님
1983년 8월 초판 | 2018년 4월 11쇄
옮긴이 · 김영무 | 펴낸이 · 박현동
펴낸곳 · 성 베네딕도회 왜관수도원 ⓒ 분도출판사
찍은곳 · 분도인쇄소
등록 · 1962년 5월 7일 라15호
04606 서울시 중구 장충단로 188(분도출판사)
39889 경북 칠곡군 왜관읍 관문로 61(분도인쇄소)
분도출판사 · 전화 02-2266-3605 · 팩스 02-2271-3605
분도인쇄소 · 전화 054-970-2400 · 팩스 054-971-0179
www.bundobook.co.kr

ISBN 978-89-419-8314-9 04840

루이스 데 호르나

친구의
소중함을
알게 된
임금님

김 영무 옮김

분 도 출 판 사

　옛날에 나라와 백성을 거들떠보지도 않고 자기 자신의 일만을 생각하는 임금님이 있었습니다. 그는 오직 금에만 관심이 있었습니다. 아침부터 밤까지 그는 쓸모없는 값싼 물건을 금으로 변하게 하는 실험을 하고 있었습니다. 그러면 자기가 이 세상에서 가장 돈 많은 임금이 될 것 같았으니까요. 설탕을 오랫동안 부글부글 끓이니 금빛 땅콩 사탕이 되었지만, 그는 그런 것 따위는 맛볼 생각조차 하지 않았습니다. 반짝반짝 빛나는 동전들과 낡은 깡통 같은 것을 녹이니까 불그스레한 금속이 되었지만, 그는 그런 것을 냄비 속에서 그냥 굳어 버리게 내버려 두었습니다. 그는 암모니아와 머리 기름을 시험관에 넣고 달걀도 몇 개 깨어 섞어서는 부글부글 끓여 보았지만, 고약한 냄새만 날 뿐이었습니다. 모든 희망이 꺾여서 그는 행복하지 못했습니다.

그러나 임금님보다는 그의 신하들이 더욱 불행했습니다. 그는 신하들을 생각해 주거나 그들의 사정을 들어 줄 시간이 없었으니까요. 밤낮없이 항상 실험만 하는 임금님을 간혹 누군가가 찾아가기라도 하면, 임금님은 그를 감옥에 처넣어 버렸습니다. 일이 이쯤 되니까 모든 사람이 임금님을 두려워하는 것은 당연했고 그래서 그는 친구가 하나도 없었습니다.

　임금님은 아무리 실험을 해 보아도 소용이 없으니까, 다른 방법으로 금을 얻어 내지 않을 수 없었습니다. 그는 백성들로부터 마구 세금을 거둬들였습니다. 그래서 백성들은 모두 가난해졌고, 어떤 사람은 굶어 죽기도 했습니다. 감히 불평을 했다가는 모두 심한 벌을 받았습니다.

  임금님의 병사들은 온 나라를 구석구석 뒤졌습니다. 백성들은 그런 병사
들이 무서워서 집 안에 숨어 문을 걸어 잠그고 있었습니다. 행여나 병사들에
게 들킬까 겁이 나서 그들은 숨도 크게 쉬지 못하고 서로 귓속말로 속삭이기
만 했습니다.

"나의 나라는 조용하고 평화로운 나라가 되었다." 임금님은 귀족 대신들에게 뽐내면서 말했습니다. 임금님은 이런 대신들하고만 얘기를 하였답니다. 그러나 그들도 임금님이 무서워서 "그러하옵니다, 폐하. 과연 임금님의 나라는 이 세상에서 가장 조용하고 가장 평화로운 나라입니다."라고 맞장구를 쳤습니다.

그런데 임금님 병사들의 발길이 미치지 못하는 깊고 깊은 산 속 작은 마을에 로릴리아라는 아가씨가 살고 있었습니다. 로릴리아는 향기로운 약초를 심어서 그것으로 이웃 사람들의 병을 고쳐 주곤 하였습니다.

어느 날 그녀는 약초를 뜯으러 산 속에 갔다가 어느 동굴에 이르렀을 때 동굴 속에 숨어 있는 노인 한 분을 만났습니다.

"나는 나를 잡아 가두려는 병사들을 피해 도망쳐 왔다오." 노인이 그녀에게 말했습니다. 그는 이어서 산 아래에 사는 백성들의 생활이 어떤 것인지를 설명해 주었습니다.

"내가 내려가서 백성들을 도와 주어야 되겠군요." 로릴리아가 말했습니다.

"안전한 이 산 속에 그냥 있는 게 좋을 거요." 노인이 타일렀습니다.

그러나 로릴리아의 결심이 굳은 것을 보고, 노인은 힘이 자라는 데까지 그녀를 도와 주기로 했습니다. 그는 마을에서 도망올 때 가져온 한 주머니의 금화를 그녀에게 주었습니다. "나는 여기 있으면 돈이 필요없지만, 먼 여행길에 아가씨에겐 돈이 필요할 것이오." 로릴리아는 노인에게 고맙다고 말하고 그와 헤어졌습니다.

동굴로부터 자기의 집까지 내려오는 길에 그녀는 앞으로 자신이 무슨 일을 어떻게 할 것인지 마음 속에서 단단히 다짐했습니다. 그녀는 노인이 준 금화의 반을 줄칼로 곱게 갈아 금가루를 만들어서는 그것을 부드러운 밀초가 들어 있는 그릇 속에 넣었습니다. 그러고는 금가루와 밀초를 잘 섞어서 반짝 반짝 빛나는 반죽으로 만들어 그것을 여러 개의 조그마한 구슬 모양으로 돌돌 뭉쳤습니다. "이것을 빛나는 구슬이라고 불러야지." 이렇게 마음먹고 그녀는 그것들이 딱딱하게 굳어질 때까지 말려서는 바구니에 챙겨 넣었습니다.

다음날 로릴리아는 자신의 조그만 오두막집을 걸어 잠그고 마차에 말을
맨 뒤, 마차에다가 여행에 필요한 짐을 실었습니다. 그녀는 산밑 마을에서는
구할 수 없는 풀뿌리, 나무 열매, 꽃, 약초 따위도 실었습니다. 그리고 마지
막으로 빛나는 구슬이 든 바구니도 실었습니다.

마을 사람들은 그녀가 떠나가는 것이 섭섭했지만, 그녀는 중요한 일이 있
어서 어디를 좀 다녀와야 한다고 설명해 주었습니다.

"잘들 계셔요, 여러분." 그녀는 산 속 친구들과 작별했습니다.

"편안히 잘 갔다가 얼른 돌아와요." 마을 사람들이 말했습니다.

로릴리아는 임금님이 사는 마을에 도착해서는 곧장 약방을 찾아갔습니다. "어서 오십시오." 약방 주인이 말했습니다. "무엇을 도와 드릴까요?" "안녕하셔요, 아저씨." 로릴리아가 대답했습니다. "물건을 좀 가져왔는데요. 아픈 사람을 치료할 때 쓰실 수 있는 풀뿌리, 나무 열매, 꽃, 약초 따위를 깊은 산에서 가져왔는데요. 이 약방에서 좀 사 두시지 않으시겠어요?"

　　약방 주인은 너무 좋아서 로릴리아가 마차에 싣고 온 것을 모두 다 샀습니다. 그는 그녀의 바구니에 무엇인가 더 있을 것으로 짐작하고는 "그 바구니에는 무엇이 있느냐?"고 물었습니다.

　　"아, 이거요. 이것들은 빛나는 구슬들인데, 제가 금을 만들 때 쓰는 것이랍니다." 그녀는 구슬 몇 개를 약방 주인 앞 판매대 위에 굴려 보여 주었습니다.

　　약방 주인은 빛나는 구슬을 보고 크게 감탄했지만, 그것을 사용해서 금을 만들어 보았자 임금님의 병사들이 빼앗아 갈 것이라는 것을 잘 알고 있었습니다. "고맙습니다, 아가씨. 그러나 빛나는 구슬에 관심이 있는 사람은 임금님뿐일 것입니다." 약방 주인이 이렇게 말하자 로릴리아는 빛나는 구슬을 바구니에 다시 주워 담고는 약방을 나왔습니다.

금가루를 만들고 남은 금화와 약방 주인한테서 받은 돈으로 로릴리아는 이 마을에서 가장 훌륭한 집을 한 채 샀습니다. 임금님의 왕궁 못지않게 훌륭한 집이었습니다. 그녀는 그 집을 아주 아름답게 장식하고 또 창문 가와 발코니마다에 예쁜 꽃들을 심었습니다.

　마을 사람들은 로릴리아가 어떤 사람인지 매우 궁금해하기 시작했습니다. 약방 주인은 약방에 들르는 모든 사람들에게 깊은 산 속에서 좋은 약초를 가져온 것이 로릴리아라고 말했고, "그녀는 금을 만드는 법도 아는 모양이지." 라고 덧붙였습니다. 이리하여 마을 사람들은 모두들, 기적처럼 잘 듣는 약을 만들고 또 금을 만드는 비법을 알고 있는 아름다운 부자 아가씨에 대해 얘기하게 되었습니다.

이런 소식이 임금님의 귀에 안 들어갈 리가 없었고, 그래서 임금님은 로릴리아를 자기 앞에 불러오도록 명령했습니다.

　"그래, 네가 금을 만들 수 있다는 게 사실이냐?" 임금님이 물었습니다.

　"물론입니다, 폐하." 그녀가 상냥하게 대답했습니다. "임금님께서 원하신 다면 제가 기꺼이 금 만드는 법을 보여 드리겠습니다."

　"즉시 해 보아라." 이렇게 대답하고 임금님은 로릴리아의 손목을 단단히 움켜쥐고는 그녀를 끌고 자기의 실험실로 갔습니다. 로릴리아는 금을 만드는 데는 신비로운 재료가 필요한데, 그것이 지금 그녀의 집에 있다고 설명했습니다. 그래서 곧 임금님의 병사 하나가 빛나는 구슬들을 가지러 그녀의 집으로 보내졌습니다.

실험실에서 로릴리아는 무엇을 어떻게 해야 하는지를 정확하게 임금님에게 말씀드렸고, 임금님은 그녀가 시키는 대로 했습니다. 그는 로릴리아의 빛나는 구슬 몇 개를 조심스럽게 도가니 속에 넣었습니다. 그는 약을 빻는 공이로 빛나는 구슬을 빻아 가루를 만든 다음, 약한 불에 따뜻하게 데웠습니다. 그러고는 로릴리아가 시키는 대로 도가니 속의 뜨거운 액체를 틀 속에 부어서 식혔습니다.

"금이다!" 임금님은 정말로 금이 만들어진 것을 확인하고는 외쳤습니다. "나는 이제 금을 만들 수 있다!" 그는 로릴리아가 있다는 사실조차 까맣게 잊고 너무 신이 나서 방 안에서 덩실덩실 춤을 추었습니다. 로릴리아는 빙그레 웃으면서 살짝 방에서 나왔습니다.

다음날이 되어 로릴리아가 집에서 정원을 가꾸고 있는 동안에도 임금님은 하루 종일 금을 만들고 있었습니다. 그는 로릴리아의 빛나는 구슬을 모두 금 덩어리로 만들 때까지 쉬지 않고 계속 일했습니다. 마지막 구슬마저 사라져 버렸을 때에야 비로소 임금님은 로릴리아가 없어진 것을 알았습니다. 그는 왕궁의 가장 높은 탑 위로 기어올라가서 큰 소리로 외쳐 불렀습니다. "로릴리아아아아 …"

"무엇을 원하십니까, 폐하?"
로릴리아가 탑 위를 올려다보며
소리쳤습니다.
"빛나는 구슬이 더 있어야겠어."
임금님이 대답했습니다.
"있는 대로 모두 다 가져오너라.
나는 이 세상에서 가장 부유한
임금님이 되고 싶으니까."

"그것이 임금님의 소원이라면요, 저는 임금님께 금을 금보다 더 귀한 것으로 만드는 법을 가르쳐 드릴 수 있답니다." 로릴리아가 말했습니다. "금보다 더 귀한 것이 있다고?" 임금님은 믿지 못하겠다는 듯 말했습니다. 그러나 로릴리아의 신기한 지혜를 이미 보아 온 임금님은 그 말을 믿어 보기로 마음먹었습니다. "좋다." 그가 말했습니다. "그것을 어떻게 만드는지 보여 다오. 그러면 내 너를 이 왕궁에서 제일 높은 대신으로 삼겠다. 그러나 만약 실패하면, 이 세상에서 너의 모습과 네 목소리는 없어질 줄 알아라."

로릴리아는 그런 조건을 받아들이겠다고 했습니다. 그녀는 말했습니다. "그럼 우선, 임금님이 가지고 계신 금을 모두 저에게 가져오십시오."

"모두 다 가져오라고!" 임금님이 놀라서 꽥 소리를 질렀습니다. 그는 아무 한테서도 명령을 받아 본 일이 없었으니까요. 그는 머리가 빙빙 돌고 기운이 빠지는 느낌이었습니다.

"하나도 남김없이 모두 가져오십시오." 로릴리아가 강경하게 말했습니다.

그리하여 임금님은 병사들에게 명령하여 왕궁에 있는 금을 모두 끌어 내어 당나귀 등에 싣게 했습니다. 이윽고 로릴리아는 임금님에게 실험실로 들어가서 무슨 일이 일어날 것인지 망원경을 통해 잘 살펴보라고 말했습니다.

　임금님이 자세히 살펴보니, 로릴리아는 당나귀의 행렬을 마을의 광장으로 끌고 가는 것이었습니다. 거기서 그녀는 마을 사람들에게 큰 소리로 외치는 것이었습니다.

　　"모두들 나와서 각자 자기의 것을 찾아가셔요!
　　여러분의 임금님께서 나에게 명령하셨습니다.
　　앗아간 금을 모두 돌려 주라고 말입니다."

　사람들은 처음에는 이 말을 믿지 않았습니다. 그들은 로릴리아가 정말로 금을 내줄 것이라고 믿을 수가 없었던 것입니다. 그들은 이것도 무슨 흉계라고 생각했습니다. 그러나 한 사람 두 사람 그녀에게 다가오기 시작했고, 곧 수많은 사람들이 한 줄로 길게 서서 자신들의 것을 받아 가기 위해 참을성있게 기다리게 되었습니다.

로릴리아가 하는 일을 바라보던 임금님은 너무 놀라서 그만 기절해 넘어졌습니다. 궁녀들과 대신들이 임금님의 침대에 몰려들었지만, 아무도 임금님을 다시 깨어나게 할 수가 없었습니다. 로릴리아는 금이 다 없어질 때까지 금을 나누어 주는 일을 계속했습니다. 마침내 그녀가 임금님의 침대 옆에 나타났습니다.

　"폐하." 그녀가 상냥한 목소리로 말했습니다. "폐하께서는 이제 정말로 이 세상에서 가장 부유한 임금님이 되셨습니다. 폐하는 이 세상에서 얻을 수 있는 가장 값진 것 — 즉, 백성들의 사랑을 얻으신 것입니다. 자, 저 소리를 들어 보셔요."

"우리들의 임금님 만세!" 왕궁의 안마당에서 사람들이 기쁜 소리로 외치고 있었습니다. 임금님이 한쪽 눈을 떴습니다. "우리들의 훌륭하고 너그러우신 임금님 만세!" 임금님이 일어나 앉으셨습니다. 정말이었습니다. 그가 지금 들은 저 소리는 이제까지 상상했던 어떤 것보다도 더욱 값진 소리였던 것입니다. 그는 비틀비틀 몸을 일으켜 창가로 걸어 갔습니다. 저 아래서 백성들이 행복에 넘쳐 모자를 하늘로 높이 던지며 임금님을 찬양하고 있었습니다. 임금님은 이제 완전히 정신이 들게 된 것이었습니다.

임금님은 약속을 지키셔서 로릴리아를 왕궁에서 제일 높은 대신으로 삼으셨고, 그의 가장 친한 친구로 삼으셨습니다. 그들은 둘이서 가끔 백성들의 집도 방문했고, 이제 백성들은 시달리지 않게 되었습니다. 로릴리아는 병사들에게 정원 가꾸는 법을 그녀 자신이 아는 대로 모두 다 가르쳐 주었고, 그래서 병사들은 이제 이 나라 방방곡곡에서 공원을 만들고 정원에 꽃과 나무를 심어 돌보면서 시간을 보내게 되었습니다. 임금님은 여전히 실험실에서 갖가지 실험을 하셨지만, 그는 아주 맛있는 땅콩 사탕을 만드신 분으로 길이길이 기억되게 되었습니다.

The King Who Learned How to Make Friends

Luis de Horna

Once there was a very selfish king who was not interested in his kingdom or its people – he was interested only in gold. From morning till night, he performed experiments, trying to turn cheap and useless things into gold so that he could become the richest king of all time. He boiled sugar for a very long time and got golden toffee, but he didn't even bother to taste it. He melted down some shiny copper pennies and old tin cans and got a lovely reddish-brown metal, but he let it harden in the pot. He poured ammonia and hair oil into a test tube, cracked in a few eggs and heated it up, but all he got that time was a horrible smell. He was a frustrated, unhappy man.

But his subjects were even unhappier. The king had no time for them or their problems. If anyone dared to call on him while he was working, which was all the time, he had them thrown into prison. So of course everyone was afraid of him and he had no friends.

Because the king's experiments were not working, he had to get gold in other ways. He taxed his people so much that most of them were very poor and some were starving. Anyone who dared to complain was severely punished.

The king's soldiers patrolled everywhere. The people were so terrified of them that they hid in their houses and closed their shutters. Afraid the soldiers might hear them, they talked to one another only in whispers.

"Mine is a quiet and peaceful kingdom," bragged the king to his ministers, who were the only people to whom the king talked. And because they, too, were afraid of him, the ministers agreed. "Yes, Your Majesty, yours is indeed the quietest and most peaceful kingdom on earth."

High up in the mountains in a small village which the king's soldiers never reached, there lived a young girl named Laurelia. Laurelia grew sweet-smelling herbs which she used to cure the ailments of her neighbours.

One day Laurelia was collecting herbs in the mountains when she came upon a cave in which an old man was hiding.

"I have fled from the king's soldiers who wanted to put me in gaol," he told her, and he described what life was like for people in the kingdom below.

"I must go there and try to help those people," said Laurelia.

"Stay in the mountains where it is safe," advised the old man.

But Laurelia's mind was made up, so the old man did what he could to help her. He gave her a bag of golden coins he had brought with him when he fled from the town. "I do not need money here," he said. "But you can use the gold for your journey." Laurelia thanked him and bade him goodbye.

By the time she had climbed down to her cottage from the cave, Laurelia had decided exactly what she would do. She filed down half of the gold coins into a fine powder and put the powder in a bowl with some soft wax. She kneaded the powder and the wax together into a glittering paste, which she then rolled into little balls. "I shall call them glowballs," she decided. She left the balls to dry until they were hard, and then packed them into a basket.

The next day, Laurelia closed up her little cottage, harnessed her horse to a cart and packed the cart for her journey. She put in roots, berries, flowers and herbs that she knew did not grow in the town. Last of all, she put in her basket of glowballs.

Her neighbours were sorry to see her go, but she explained that she had important work to do elsewhere.

"Stay well," she said to her mountain friends.

"Have a safe journey and come back soon," they replied.

When Laurelia arrived in the town where the king lived, she went straight to the apothecary's shop.

"Good day, fair lady," said the apothecary. "What can I do for you?"

"Good day, my friend," said Laurelia. "I have something for you. I have brought roots, berries, flowers and herbs from the mountains that you can use to make sick people well. Do you want to buy some for your shop?"

The apothecary was delighted, and bought everything Laurelia had in her cart. "And what do you have in your basket?" he asked, thinking there might be more.

"Ah," said Laurelia, "these are my glowballs. I use them to make gold." She rolled several across the counter in front of the apothecary.

The apothecary admired the glittering balls, but he realized that if he used them to make gold, the king and his soldiers would only take it away. "Thank you, but these would interest only our king," he said, and so Laurelia put the glowballs back into her basket and left the shop.

With the remaining gold coins and the money she had got from the apothecary, Laurelia bought the nicest house in the town, a house almost as nice as the king's palace itself. She decorated it very prettily and began growing plants and flowers on every windowsill and balcony.

The people in the town became very curious about Laurelia. The apothecary told everyone who stopped at his shop that she was the one who had sold him the healing mountain medicines. "She also says she knows how to make gold," he told them. Soon everyone in town was gossiping about the rich young woman who could make miraculous medicines and knew the secret of how to make gold.

News like this of course reached the king's ears, too, and he ordered that Laurelia be brought before him.

"Is it true that you know how to make gold?" the king asked her.

"Why, of course, Your Majesty," Laurelia replied politely. "I will be happy to show you how, too, if you like."

"You will show me at once," replied the king, and grabbing Laurelia's wrist, he dragged her off to his laboratory. Laurelia explained that she would need a secret ingredient she kept at her house, so a soldier was sent off to fetch the glowballs.

In the laboratory, Laurelia told the king exactly what he had to do, and the king followed her instructions. Carefully, he placed several of Laurelia's glowballs into the crucible. He pounded them into a powder with a pestle and heated the powder gently over a fire. When Laurelia gave the word, he poured the hot liquid from the crucible into a mould to cool.

"Gold!" the king shouted when he was absolutely sure. "I can make gold!" He danced around the room in excitement, having forgotten Laurelia, who, smiling, slipped away quietly.

The king worked all the next day making gold while Laurelia tended her garden. He worked without stopping until he had turned all Laurelia's glowballs into gold. When the last one was gone, he finally noticed that Laurelia was, too. Climbing to the top of his highest tower, he shouted, "Laureliaaaaa...."

"What do you want now, Your Majesty?" Laurelia called up to him.

"More glowballs, of course," the king replied. "I want all there are to be had. I want to be the richest king the world has ever known."

"If that's what you want," Laurelia said, "I can show you how to turn gold into something even more precious."

"Is there anything more precious than gold?" the king cried in disbelief. But Laurelia had proved her wisdom, so the king decided to trust her. "All right," he said, "show me how to do that, and I will make you my chief minister. If you fail, no one will ever see or hear of you again."

Laurelia agreed to the bargain. "First," she said, "you must bring me all your gold."

"All of it!" the king squeaked. He still wasn't used to taking orders from anyone else. He was feeling a bit weak.

"Every last piece," said Laurelia firmly.

So the king ordered his soldiers to carry all his gold out of the palace and load it onto donkeys. Then Laurelia told the king to go back to his laboratory and watch what would happen through his telescope.

As the king watched, Laurelia led the caravan into the main square of the town. Then she called out to the townspeople:

"Come and take back what is yours!
Your king has ordered me to return to you
all the gold he has stolen from you."

At first, the people were suspicious. They could not believe
that Laurelia was really giving away gold. They thought it
was a trick. But first one, and then another approached her
and soon there was a long queue of people waiting patiently
to receive their share.

When the king saw what Laurelia was doing, he was so
shocked that he fainted. His maids and ministers gathered
around the royal bed, but no one could revive him. Laurelia
went on distributing the gold until it was all gone. Then she
went to the king's bedside.

"Your Majesty," she said gently, "you are now truly the
richest king of all time. You have the most precious thing
the world can offer – the love of your people. Listen to
them."

"Long live our king!" the people cried in the courtyard
below. The king opened one eye. "Long live our good and
generous king!" The king sat up. It was true. The sounds he
heard were more precious than anything he could ever have
imagined. He got up shakily and walked to the window. The
people shouted with happiness and tossed their hats into the
air in his honour. The king had woken up for good.

The king kept his promise and Laurelia became his chief
minister and best friend. Together, they often visited the
homes of the king's subjects, who were never again
persecuted by his soldiers. Laurelia taught the soldiers all she
knew about gardening, and they spent their time building
parks and planting and tending gardens throughout the
kingdom. The king still performed experiments in his

laboratory, though, and he is now best-remembered for his wonderful recipe for toffee.